Complainte

SUR

LA LOI D'AMOUR;

FAITE ET COMPOSÉE DANS LA PAROISSE
DE MONTROUGE,

PAR L'ARRIÈRE PETIT-FILS DU VALET
DE TARTUFE.

Seconde Edition,

Enrichie d'un Couplet et de nouvelles notes savantes.

Paris,

Chez Ponthieu, galerie de bois, Palais-Royal.

1827.

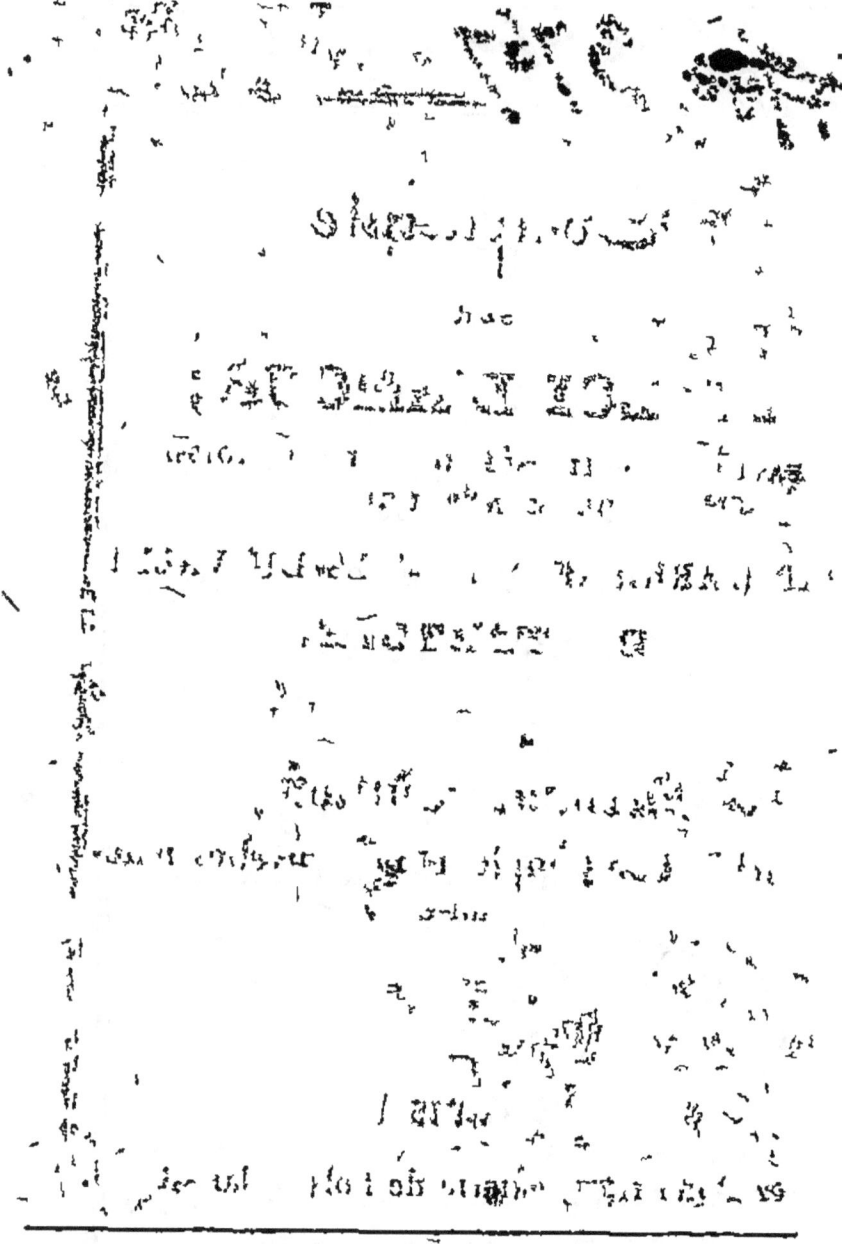

Paris, imprimerie de GAULTIER-LAGUIONIE,
Hôtel des Fermes.

COMPLAINTE

SUR

LA LOI D'AMOUR;

FAITE ET COMPOSEE DANS LA PAROISSE
DE MONTROUGE,

PAR UN ARRIÈRE PETIT-FILS DU VALET
DE TARTUFE.

Prix : 25 centimes.

Paris,

CHEZ TOUS LES LIBRAIRES DE FRANCE.

1827.

COMPLAINTE

SUR

LA LOI D'AMOUR.

AIR : *De la Complainte sur le Droit d'Aînesse.*

I.

Or, venez tous pour entendre
Nos piteux gémissemens.
Des plus mauvais garnemens
Les cœurs mêmes vont se fendre.
C'est la désolation
De la congrégation.

II.

Assemblés dedans Montrouge
Nos saints pères de la foi
Firent le projet de loi (1)
Dont on s'est fâché tout rouge,
Et qui devait supprimer
L'habitude d'imprimer.

(1) Qu'est devenu le bon tems où l'on ne savoit ce que c'est que ça, où l'on ne discutoit pas les lois, et où l'on payoit la dîme exactement !

III.

En portant au ministère
Cet enfant né dans leurs bras,
Nos messieurs disoient tout bas :
Nul ami ne peut se taire.
Puis chacun se dit : dis donc,
N'es-tu pas content du don ?

IV.

On lui cherche un père honnête,
En fait d'enfans éprouvé,
Et l'on l'a bientôt trouvé,
Car il s'offre et s'en fait fête;
Prêt à se sacrifier
Comme à se mortifier.

V.

Aussitôt on le baptise
Loi de justice et d'amour (1).
A peine a-t-il vu le jour
Qu'on lui dit mainte sottise ;
Avant que de l'amender,
On veut le vilipender.

(1) Cet intitulé si judicieusement trouvé par un de nos chers ministres, est consigné dans le Moniteur officiel, de Monseigneur le comte de Villèle.

VI.

Nos amis d'un air superbe,
Se calculant en tous sens,
Disaient : *nous sommes trois cens*,
Sous le pied coupons-leur l'herbe :
Or on sait que Loyola (1)
Avait tous ses loyaux là.

(1) Qui ne connoît pas ce grand saint qui a fait tant de miracles en Espagne, ce bon pays où nous faisons aussi des nôtres?

VII.

Les imprimeurs et libraires,
Compositeurs et pressiers,
Satineurs et papetiers,
Les fondeurs en caractères
Forment des commissions
Qui font des pétitions.

VIII.

Des gens pleins de turbulence,
Qui font livres et journaux,
Poussent des cris infernaux
Avec beaucoup d'insolence,
Comme si ça les touchoit
Et si l'on les écorchoit.

(1) Les journaux sont une funeste découverte qui a bien des inconvéniens, d'autant qu'un chacun peut savoir tous les jours ce qui se passe dans le pays, et faire connaître les griefs dont il se plaint à l'égard de l'autorité, dont il s'imagine être vexé quand on lui fait tort ou qu'on le fait voyager en prison par malentendu.

IX.

Chacun se plaint qu'on le vexe.
Les femmes en grand tourment
Disent que peu galamment
On dépouille jusqu'au sexe,
Et se piquent jusqu'au vif
De l'effet rétroactif (1).

(1) Ce terme de jurisprudence vient du mot grec *retro* en arrière. Ce mot cache un profond sens, à ce que j'entends dire tous les jours. Toute la politique des jésuites est dedans.

X.

Des orateurs bien célèbres
Par plus d'un raisonnement
Ont prouvé bien clairement
L'avantage des ténèbres,
Vu que l'homme avait été
Perdu par trop de clarté.

XI.

L'un dit que l'imprimerie
Est un fléau très-fâcheux
Dont on n'arrête les feux
Qu'avec de l'artillerie.
Le monde a toujours baissé
Depuis qu'il sut l'A B C.

XII.

C'est bien fait pour qu'on s'effraie,
En vérité, je le dis;
Moyse en eût pu jadis
Faire une huitième plaie.
Cette affreuse invention
Fit la révolution.

XIII.

Sans être grand canoniste,
Je le dis très-hardiment,
La presse est un instrument
Qui tient fort de la baliste (1),
Et depuis le temps d'Énoch
Fait l'effet du manioc (2).

(1) La baliste est une mécanique de guerre, au moyen de quoi les anciens Romains avaient coutume de tirer le canon.

(2) Au rapport des physiciens, c'est un arbre des îles produisant du pain, qu'on nomme du pain de manioc. On prétend que ce pain dont les sauvages mangent habituellement est un poison très-subtil.

XIV.

On ne verra plus vos œuvres,
Philosophes renégats (1).
Qu'ils nous ont fait de dégâts,
Même avaler des couleuvres!
Tous ces écrivains damnés
Ne nous riront plus au nez.

(1) Les philosophes sont les esprits forts qui raisonnent dans leurs livres, ce qui est défendu par nos pères qui agissent bien différemment.

XV.

Messieurs, le peuple est féroce,
Du moment qu'il en sait trop,
Cet animal prend le trot;
Il faut en faire une rosse.
Mes amis, serrons nos rangs,
Et vivent les ignorans (1).

(1) Voila pourquoi nous sommes si reconnaissans à l'égard de Monseigneur le comte de Corbière, pour le soin qu'il a pris de détruire ces écoles haissables de l'enseignement mutuel où l'on apprend trop aisément à lire dans les livres et sur les journaux.

XVI.

A cette loi de police
Nous mettons notre cachet ;
C'est bien une loi frauche, et
Nous le disons sans malice,
On n'imprimera plus rien
Que ce que nous voudrons bien.

XVII.

La clôture ! la clôture !
Aux voix ! aux voix ! appuyé.
Quelqu'un pour lors a crié,
De la loi faites lecture.
Mais c'étaient soins superflus,
Puisqu'on ne lira plus.

XVIII.

Pour le scrutin (1) l'on s'assemble,
On fait l'appel nominal:
Et pour voir notre total,
On va voter sur l'ensemble.
Lors chacun, comme à l'assaut,
Vers l'escalier fait un saut.

(1) Le scrutin est une arme où chacun mettent leurs boules pour discuter une loi. Quand il y en a beaucoup de blanches, c'est une preuve que la loi est bonne. Souventes fois la majorité la plus nombreuse de la chambre éclaircit les questions par assis et levé. Quand une forte masse se lève debout à la fois, c'est une marque qu'ils ont raison, et il est infructueux de les obtenir avec des argumens.

XIX.

Là plus d'un se presse en foule,
Ils nous l'avoient bien promis,
Et c'est parmi nos amis
A qui montrera sa boule.
Le président dit: je vois,
Vous avez assez de voix.

XX.

Depuis janvier ou décembre
Sur cela l'on raisonnoit.
Ce projet qu'on mitonnoit,
Quoique amendé par la chambre,
Étoit, on en convenoit,
Bonnet blanc et blanc bonnet (1).

(1) Toutefois il faut dire qu'on avoit fait la faute d'ôter le fort timbre de vingt sous par feuille qui auroit tué tous les résumés, des livres qui pervertissent la jeunesse en leur apprenant l'histoire.

XXI.

Cependant je le confesse,
On trembloit dans notre bourg,
En voyant qu'au Luxembourg (1)
Alloit la loi de la presse.
Mais hélas! qui s'attendoit
Au piège qu'on nous tendoit!

(1) C'est un beau bâtiment qui fut bâti dans le tems par la reine Catherine de Médicis, qui fit beaucoup pour nos révérends pères. Eût-elle cru qu'aujourd'hui dans ce même palais on montreroit si peu d'inclination pour la société, et qu'on eût si bien accueilli la dénonciation du comte de Montlosier qu'on a renvoyé par devant le ministère. Heureusement que Monseigneur le comte de Corbière était-là, et qu'il traîne joliment les choses en longueur.

XXII.

Adieu notre loi chérie
Faite avec tant de candeur.
Las ! on a vu sa grandeur
Pliant devant la pairie.
Chargé de se rétracter,
Il venoit s'exécuter.

XXIII.

Cette fatale ordonnance
Dont tout le monde est joyeux,
Doit rendre bien soucieux
Tous les jésuites (1) de France.
La Gazette de Lyon (2)
Va faire un beau carillon.

(1) Nous n'avons plus besoin d'avoir un recours aux circonlocutions et aux métaphores pour nommer ces véritables pères de la foi, depuis que Monseigneur l'évêque d'Hermopolis est venu à la tribune révéler qu'ils existent légitimement en contravention aux lois actuelles.

(1) Si nous avions bien des bons dans cette ville principale du Lyonnois, toutefois il y a aussi bien des méchans; témon l'hippogriphe qu'on y vient de lancer contre Sa Grandeur Monseigneur le comte de Peyronnet, et le tribunal du même endroit qui l'a innocenté.

XXIV.

Quand d'une humeur trop bénigne,
Un très-puissant potentat,
Fait gouverner son état
Par le libéral Cannigue (1),
On voit que tout est perdu
Et que tout est confondu.

(1) Je sais positivement qu'on prononce ainsi ce mot anglois qui s'écrit *Cunning*. C'est cet hérétique endurci et sans pitié qui s'oppose si inflexiblement à l'émancipation des catholiques de l'Écosse.

XXV.

Vous voyez déjà les suites
De ce retrait malheureux.
Partout on crie en tous lieux :
A bas, à bas les jésuites.
En poussant force clameurs,
Dansent tous les imprimeurs.

XXVI.

L'impie ami des lumieres,
Voulant nous damer le pion,
Nous poursuit de son lampion (1)
Jusque dessus les gouttières.
Mais le soleil se coucha
Et le soleil s'obscurça (2).

(1) On voyoit de ces détestables foyers de lumière jusque sur les voitures et sur les parapluies. J'en ai été témoin auriculaire.

(2) Je prends ici la liberté d'emprunter les propres vers d'un des plus forts poètes de la congrégation.

XXVII.

Hélas ! le peuple rebelle
Hait notre société,
Et notre moralité
Qu'il traite comme vile, elle !
Par Escobar, je soutiens
Que nous sommes bons chrétiens.

XXVIII.

Nous fûmes en belle passe !
On marchait à nos genoux :
Ah ! nous sommes frais, si nous
Ne restons tous en place ;
Dans nos bottes ayant soin
De mettre beaucoup de foin.

FINIS CORONA TOPUS.

www.ingramcontent.com/pod-product-compliance
Lightning Source LLC
Chambersburg PA
CBHW061613180626
46818CB00005B/2064
9782019939366